현대시세계 시인선 125

불법,…체류자

조현석 시집

불법,…체류자

조현석
시집

도서출판 북인

시인의 말

만 3년이 되어서야 묶는 두 번째 시집이다.

시집을 묶을 때마다 주변에 좋지 않은 일들이 생기곤 했다. 곧 좋아지겠지… 하면서 살아간다.

시집 속의 시를 들출 때마다 '너무 많은 거짓말과 문장들'을 속없이 늘어놓기만 한 것 같다. 좀 더 좋은 거짓을 펼쳤어야 하는데…, 이제야 그런 후회도 든다.

1995년 봄에
조현석

차례

2부

3부

1부

호텔 캘리포니아
— 시네마 서울

오랜만에 다시 듣는다 나는
꿈꾸던 먼지, 날뛰던 빗방울들이 하늘로
치솟아오르고 굶주린 손끝에서 부서지는
물 젖은 빵조각들

바득바득 살아왔구나, 너무나도
가늘어진 내 허리춤

편안한 잠을 못 들게 하던
지친 몸속에
아직 살아 꿈틀대는 정욕들, 들
나에게 남은 마지막 찌꺼기

오랜만에 듣는다, 나는 세상에
가라앉아 불안한 꿈의 끝길을 바라보며
풀어진 빵을 삼킨다

불법체류자
— 시네마 서울

스모그가 몹시 끼어 바로 앞도 구분 못한다
나트륨 불빛이 조명처럼 그의 머리를
사각으로 비춰준다, 손을 천천히 든다
갈구하는 그의 눈빛이 손끝을 지나고
독백하는 낮은 목소리, 그러나 높아지며

나는 불법,…체류자다…누군가 내게 고—통에 대해서 가르치지 않았고,…어디로 가느냐고, 나는 답변을 주저했다 지금, 인간의 탈을 쓴 짐승처럼 울면서 순간, 말을…잃는 범죄를 당했다 말은, 가끔은 불편을 초래한다, 이 많은 사람들의 눈이 감시하사…흘끔흘끔 곁눈질하며, 환부患部를 드러낸다, 세상…모든 일에 대해…나는 국외자局外者이기도 하다 이런, 무책임한…, 지명수배는 아니지만 누군가 미행하는, 듯도 해시도 때도 없이 놀라…꿍꽝거리는 가슴을 쓸어내리고 난, 걸으면 쉬는…기계, 아니다…때론 쉬며 눈물 글썽이며 심장 멈추기도 하는 사람, 혹은 이곳에 없는지도…모른다, 삶에 뜨겁게 동참하고…싶기도 하지만, 왜 이런지 모른다 취했다, 내가 누고 있는 오줌은,…꼭 오뎅국물 같기도 해 내버려둔 세상일들이, 눈에 뒤덮인다, 눈을 녹이면서 얼어붙는, 나의 소외는 내가 만든 것,…수도 있다, 무엇이든 흔적도 없이,…없앨 수도 있을, 나의 슬픈 무력함…의심해본다

밤 깊음, 동시에 새벽도 깊고
그는 이 깊음 위를 표류한다
잠시도 쉬지 못할 노동을 지고
한가한 오늘이 또 그에게 넘어온다

엘리베이터에서 생긴 일
— 시네마 서울

엘리베이터를 타고 오르고 있다
사층쯤이었던가, 배를 가르듯 철문이 좌우로 열리고
세 명의 사내가 어깨를 투욱 치며 들어와
에워싼다, 불쾌한 그(와 나)는 보고만 있다
들리지 않지만 그들끼리 히히덕거리는
듯해, 물론 돌아보지 못한다 검은 모자
검은 양복 검은 넥타이 검은 구두와 가방
분칠을 해놓은 것 같은 흰 얼굴
모두 단정하다, 얼어붙듯 겁을 잔뜩 먹은
그는 눈을 질끈 감는다 굳어가는 눈,　　나는 보고만 있었는데
흐물흐물,　　　　머릿속으로 기계음의 벌레들이 기어다니는
카악 목청에 달라붙은　　〈변신變身〉의 잠자가 일어난 아침
가래가 꿈지럭거리기도 하는　　자신을 돌아보는 그 잠깐의
서서 잠시 잠들었던,　　　　　　짧은 시간이 지나고
다시 엘리베이터에서
세 사내 중 한 사내가 가느다란 숨 나오는 그의 턱
밑으로 가방을 들이민다 철컥!
"네가 보듯이 여기엔 너만의 공포가 가득하다"
다른 사내가 들이민 가방
"너만의 불안이 가득하다" 다시 다른 사내는

“죽음만이 그대를 위로해줄 것이다”
(나 역시 보고만 있었지만, 정확히 보지는 못했다)
놀란 눈을 크게 떠 가방 속을
들여다보려 하자 약속이나 한 듯
사내들은 바로 닫아버린다 말문이 막힌
그가 주저하는 듯한 입놀림으로,   나를 향한 애절함을 느끼며
끔찍한   내가 눈을 떠 주위를 둘러보니 사내들은
희망들   흔적도 없다, 다만 그의 얼굴이
끔찍한   엘리베이터 내부 벽면에
희망들   일그러진 채 흘러내리는 듯한
끔찍한   석고상으로 붙박여 있었다
새   기절을 하였었는지, 기억이 없다 한다
희망들, 들, 들들 볶이는 그와 (나는 그곳에 대해 할 말이 없다)

TV, 혹은 실내에서 그럭저럭
— 시네마 서울

비디오테이프 → VTR → TV → ON
검은 브라운관이 열린다 (▶) 잠깐의 색조정이 끝나고
겨울비 오는 새벽, 흐릿한 (❚❚) 인적 끊긴
(▶) 아파트 단지 안 어린이놀이터, 그네가 끄덕인다 (■)
한쪽 북적대던 휴식으로 올라가다 말고 (▶)
지루한 지상으로 (▶▶) 다시 뒤편 다른 혼돈으로
언젠가 묶여 앉았던 그대로 뒤바뀌지 않고 (▶)
무겁고, 혹은 (❚❚) 힘겹고 느리게
멈출 줄 모르는 그네 끄덕이는 (▶) 화면

충혈된 눈을 겨우 뜬, 따분한 〈깊은 잠〉은
끄덕이는 그네 때문에 눈 아픈, 몸마저 뻣뻣한
화면에서 눈을 떼고 스팀이 끓고 있는
나른한 실내를 잠시 서성거린다
〈그〉의 시간을 갉아먹은 TV는 점점 커지고
비디오테이프는 작아질 대로 작아져만 가고
그래도 쉬지 않고 한쪽에서 끄덕이는 큰 그네
뜬눈의 〈깊은 잠〉을 먹음직스럽게 바라보는
흉측한 기계들의 천국의 밤이여
누가 지치지 않는 그네를 멈출까

가만 있어도 눈 깜짝 않고 흘러가는
지금! 이곳
물기 머금은 조화造花가 지는 실내에서
런닝셔츠 바람으로 꼿꼿이 서서
감정 없이, 물끄러미 보고만 있었다

그런데, 그런데, 그런데
누가, 언제 만들어놓았는지
시간이 바뀌어도 변하지 않는, 너무도 흡사한
사이코드라마의 몇 장면 같은, 그…도대체
OFF [TV]→[VTR]→[비디오테이프]
속에 (일급비밀처럼) 모두 기록돼 있다

TV를 보며 신문을

— 시네마 서울

열려라 웃음천국, 사이사이로
펼쳐지는 현실은 사실은 지옥?
사색을 한 얼굴 하나가
억지웃음을 띤 관객들 사이에 놓여 있다
박수치고 노래하고 손짓까지 짜맞춘
말도 되지 않는, 광신교 집단 같으니

리모컨을 ▲로 세 번 움직이니
웃으면 복이 와요, 의 마무리 코너
도루묵 여사가 온갖 수다로
혼을 빼놓는다 으흐흐흐, 임신을 해서도
삶들을 웃기다니 놀라운 직업의식이여
웃음 뒤에 오는 달콤한 비애가
가득 떠돈다, 나는 마른침을 삼키고 맹물을

하루 지난 신문/구문을 뒤적인다
한·일 오늘 정상회담, 옆에서
북핵사찰 시한설정, 을 위한 노력이
핵핵 숨가쁘다 뒷북만 열심히
처대고 있는 우리들의 닳아빠진 꽁무니

뒤적뒤적, 정치; 자꾸 퇴행으로 뒤적
경제; 중구난방 또는 사후약방문, 여러 장
건너뛴, 문화; 뒤죽박죽 그리고 퇴폐
혼수상태 뒤적, 빠르게 뒤적뒤적 어어
해인사에 조문 인파, 라 아직도 줄지어
살아 있어 나 떠나노라
주장하는 사람 많으니

▼로 한 번씩 내려가니
화면이 온통 지지직, 이라
오늘도 땡, 땡, 땡 종치듯 하루가 갔으니
먹은 사건이요, 백지는 세상이로다
내 곁은, 오늘도 무사히

충혈 혹은 혈안
— 시네마 서울

부들부들, 부들 치떨면서
치밀어오르는 자본주의에 대한 분노를
언제까지 이 가슴속에 묻어두어야 하는지
가진 자 영원히 가지고 있으라

부릅부릅, 눈 부릅 치켜뜨이는 이 세상
자본의 사생아격인
(텔레비전·라디오 등 매스컴의,
신문·잡지 등등의, 상점 간판도)
오, 현란한 광고들, 이 무리가 달려들어
비우게 만든다, 채워지는 것 없이 텅!

감지 못하는 눈으로
부릅부릅 바라본다, 가고자 한
느끼고자 했던 것은
흔적 남길 시간도 주지 않고 소멸/멸종되고,
벌거벗겨진 몸의 부분부분마저도
섹스심벌로만 치장된 광고가 되어가는,
그런 눈물나는 환락의 유토피아에
발을 딛고 서서히 움직이고 있다

무료한 시간이 덧없이 가고
그것에 선 그림자에까지도 광고의 손길이
제철 만나 무성하게 피우는 나뭇잎처럼
가뭄에 물 찾아 땅 속을 뚫는 뿌리처럼
아직 눈을 감지 못하리
감아야 차라리 슬프게도
보일 텐데 눈은 저절로 충혈이다
혈안이 아니다

건축의 힘
— 시네마 서울

사방의 벽이 내게로
다가온다, 천천히 살아 움직이는
저 벽들
철근의 뼈와 살이 된 시멘트와 모래
언젠가는 부활을 꿈꾸는, 몸속의 자갈들
피 같은 물이 흐르는 생명체
다가온다, 바닥에 넙죽 엎어진 나를
건축의 힘이 손발을 묶는다

문제는 시간, 늙기 전에 흙으로 돌아가리
문제는 시간, 흐르다 보면 벽도 돌아가리
삶이 이렇듯, 어떠했느냐고 묻기도
쑥스러운데 모였다가 이런저런 얘기
다시 나눌 기회 있으리
문제는 시간, 늙기 전에 흙으로 돌아가리
문제는 시간, 흐르다 보면 벽도 돌아가리

숨소리로 체온으로 나를 느끼며
나를 가두기 위해 다가오는 오, 사방팔방
벽, 벽들,

길은 언제나 막혀 있다는
사실을 나는 잠시 잊었다
도무지 움직일 수 없다는 것을
잠시 잊었었다, 사방의 벽이 다가온다
부활을 꿈꾸는 나는 벽 속에 누워
화석이 되기를, 감히 꿈꾼다

어떤 싸움
— 시네마 서울

그가 던진 맥주잔에 얼굴을 갖다댔다
그가 던진 안주접시에 머리를 갖다댔다
그가 던진 거친 말에 온몸을 갖다댔다

영업시간이 끝날 때까지 앉았다 쫓겨났다
거리는 한산했다, 이렇게 헤어지는 건 아니었는데
미처 생각지 못해 그에게 반격하지 못했다
서로 사는 방법이 다르기 때문이라 해도
자책감이 불현듯 인다
애초, 없었을 신뢰를 있다고 생각했다
영향을 주거나 받지도 못하는
바늘방석 같은 불감不惑의 시간을 뒤집어썼다
한 건물 같은 사무실 책상 모서리를
차지하고 파묻혀 지내는 동안
결국 생각과 행동이 같을 거라고만 느꼈다
그러는 동안 입에서 입으로
이간질하려는 사람들의 말이 지상이고
어두컴컴한 지하를 가리지 않으며 들쑤시고 다녔다
환풍기를 통해 들은 풍문으로 고민하며
불빛 흐릿한 밤거리를 활보했다

몇 번이고 술과 함께 풀려고 노력했지만…

내가 던진 맥주잔에 얼굴을 갖다댄 그
내가 던진 안주접시에 머리를 갖다댄 그
내가 던진 쌍소리에 온몸을 갖다댄 그

너덜너덜한 관계

— 시네마 서울

이젠 서부극 중 만난 총이 녹슨 총잡이처럼
우린 원한 산 일도 없는데 서로를 노려본다
귀엣말로 한번쯤 들려준 적이 있는지, 없는지
은빛 호신용 작은 총을 품고 다니고 싶어
그러다 가끔 혼돈이 우글거리는 머리에
방아쇠 당기는 상상, 이도 혼자라 싫증나면
여러 사람과 함께하는 러시안룰렛—
그 숨막힘을 즐기기도 하고 간혹
철컥하는 빈 총소리에라도 구멍이 나
말끔해지는 머릿속을 보고 싶었는지도…

우린 퇴근하면 곧바로 각자의 집으로였지
을씨년스러운, 낙엽마저 쉴 새 없이 몰려다닐 때
그날인가, 점잖게 시작한 술판에서 한 말처럼
주체 못할 부자가 되고 말 거라고…
적도 무수히 많이 가진 부자 말이야
적이 보기엔 적이 아닌, 적처럼 적을
부릅뜬 눈 하나만으로 무장해제시킬 것이라고

거리에 우두커니!

언젠가 누가 던져놓은 쪽지의 글귀처럼
서로를 향한 저주는 늘 새롭다
나를 둘러본다, 그러나 오라
나를 향한 고통과 번뇌와 눈물과 한숨 기타 등등도
널린 지뢰처럼 언제나 터질 준비된
왜소한 삶의 반격물이 준비되었으니
…그런 빈 생활이 넉넉하다

가물거린다
— 시네마 서울

잠깐 쉬었던 지상의 곤한 몸,
들러붙는 지방질만 기형적인 엉덩이
닿는 느낌 섬뜩한 쇠로 만든
흔들의자에 붙들린 내가 보였다, 안 보인다
흔들리는 일상, 어지럽다, 가물거린다
내다보이는, 감은 눈에 넘쳐 흐르던 검은 노을
끝나지 않을 지하의 밤
신은 내가 버렸지만 어쩌지 못한 몇몇 사람들
그 인연, 그 깊은 공포
나에 관한 괜한 오해들, 깊은 밤
누구도 분간 못할 모습일지라도, 나는 까닭없이
병들기만 하는가, 그때마다 떠올렸던 시큼한 추억 하나
귓바퀴에 걸려 떠나지 않고 무거워진다
슬픔보다 무거운 기쁨의, 곤두박질치기만 하는 포물선
무거워져 키가 졸아들고 자꾸 졸아들고
나는, 어떻게 변했는지도 모른다, 지금 나는
끊어질 듯 가빠오르는 숨을 두어 번 몰아쉬면서,
거부해보는 따스한 실내는 싸늘하다
굳은 몸, 뻣뻣한 기억 삭아내리는, 깊은 밤
투명한 관에 누웠을 내가 문득 궁금한 지금

캄캄한 밖으로부터 스며드는 전율
콘크리트 속 자갈과 모래가 분리되는 소리가
벽壁이 바르르 떨리고 얼음도 얼어 끼는데
서걱서걱, 서걱 크게, 성큼성큼 들리는데
벽이 무너져, 생각도 나도 형체조차 없다
지금껏 나에게서 나를 견디게 했던 시간들
아무런 변화도 없었다, 도무지 이곳에서는
그러나 반란의 흔적처럼 은밀히 품어왔던
비상구는 있을지, 옴짝달싹못할 빛의 아침이
반사되어 번지고 있다

명동에서

— 시네마 서울

분칠을 한 듯 굳어버린
나의 얼굴을 한 여러 환멸이
눈앞에 나타난다, 빠르게, 깊이 박혔다
흔적도 없이, 빠르게 지나친다, 이건 착시다

나는 길거리에 내동댕이쳐진 마네킹
내리는 밤이슬 속에 숨은 매연의 독
꿈지럭거리고, 혹은 발광물질이 덧씌워지는
대낮을 가장한 밤인데,
눈멀어 보지 못하니 수없는 좌절이
뒹굴어 하수구로 처박히고

길 떠났던 자들, 무릇 그 길을 험하게
돌고 돌아, 아무 일 없듯 물어보지도 않고
어쩔 수 없이 제자리에 섰느니

이젠 그들의 일그러진 무표정한 얼굴이
나의 환멸에 겹친다
마주보고 서서도 발뒤꿈치 붙잡히니
꼼지락거리지조차 못한다

서서히, 드디어 부식되어간다
온 신경세포들의 군은 생채기들 비늘처럼
떨어지는 반성하기엔 늦은 거리에서
어쩌지 못해, 떨어진다 어쩔 수 없어

오, 나에게만 달라붙어 떨어지지 않는
이 복잡한 환멸을 떨굴 수 없어
내 얼굴을 지울 수 없어, 완전히

무소식으로
— 시네마 서울

딱 한번 죽을 수 있는 모든 사람들
같이 나도 죽을까, 문득 알고 싶은
희망이 그늘에 번져 사그라지는 햇살일 때

그날 이후, 내가 앓아누웠다는 소식만 들렸고
간간이 통화하려 해도 도무지 받질 않았다
나는 어디로 가서 소식조차 없는 걸까
나를 찾으려 해도 뜻을 이루지 못했으리라
사실, 외부와 일절 끊고 숨듯 지냈다

막막한 풍경은 아무것도 따로 보여주지 않는다
둥그런 창문
창살을 늘였다 폈던 밤낮이 몇 번 지났다

떠올리면 온통 기억에 없는, 나에 관한 것들
나의 외투는 항상 우울의 색깔로 덧씌워지고
숨소리 고르지 못한 날이 계속되더니…
언제나 어디서나 누구에게나 불통인
가을 오후, 바람이 불고
내게서 빠져나가는 무소식이

추풍낙엽이듯, 정녕 반가운
소식으로 전해질 오늘을, 손에서 놓으며

가을은 무성영화처럼
— 시네마 서울

얼은 손 바지주머니에 찔러넣고 둘러보는,
갈 곳을 갑자기 잃어버리는 역전 광장
흐린 등불 밑 눈을 찡그리던 공공화장실 옆
자정 무렵, 시린 속을 채우는 1분 컵라면
흐릿하게 피어오르는 김을 흔드는 기적
메아리지며 출발을 재촉하는데

산이 낮아지고 강이 멈추어버릴 야간열차
하행선 얼어붙은 어둠 위를 달리며
혀 끝을 찌를 살얼음의 양배추와
잇몸을 흔들 케첩 뒤섞인 햄버거를 삼키는
너는, 그림자로만 남아 성긴 눈을 맞고 있는
나를 볼 수 없다

너를 보내고 돌아오는 시내버스 막차가 닿는 곳
환멸의 눈보라가 밤새 끊이질 않는,
네가 떠난 후 서울 변두리는 회색 툰드라지대
한밤 내내 몸살 앓는 산 울음소리에 몸 뒤트는

먼지 낀 세상 너머, 금간 유리창 사이

어렴풋이 드러난 바람 부는 바깥세상 한귀퉁이에
떨고 설 나조차 흔들리며 내려가는 너를
다신 불러들일 수 없다
하루 종일 입에 맴돌 듯 매달린 내 사랑 내 곁에*
없다, 이젠 서로의 다른 미래가
끝모를 곳으로 나란하게 펼쳐지리라

톱밥난로 타들어가는 불빛 흐린 삼류극장
겨울비 내리는 무성 흑백영화처럼
나른하게 시간은 흘러 조용히 끝나고
아무런 기억 없이, 기약한 봄이 와도

*故 김현식의 노래 제목.

저수지에서
— 시네마 서울

밤은 깨어 있는 힘으로 잠들려는 나를
못살게 군다, 나는 다시 깨어나려는
힘에 붙들려 잠들지도, 깨지도 못한
어정쩡한 상태로
물을 휘감고 있는 야광 불빛 가물한 점점을
바라본다, 벌써 서너 시간 동안
나를 묶어놓은 몇 마리 고기들이
살림망 틈을 비집고 바라본다

물기 없는 떡밥을 이기며
물에서 풀어진 떡밥을 먹은
보이지 않는 플랑크톤을 먹는
새우가 붕어를 먹고,
한가로이 혹은 분주하게 돌아다니던
붕어를 잡아먹은 인간인 내가
이 저수지 한쪽에서 실족하면
물 속 깊숙이
넉넉하게 잠겼다가 부패할 대로 부패하여
누웠는데, 언젠가 내 뱃속에 숨었던
플랑크톤들이 떡밥 풀어지듯 풀어져

나를 뜯어먹는다, 고통도 없는

잠깐 선잠 들었던 내가 밤의 발길질에 깨어
물에 비친 나를 바라보니 내가
잠긴 물 속에서 낚싯바늘을 쪼고 있다
앗! 입질이…
물 밖의 내가 나의 입을 꿰기 위해
힘차게 낚싯대를 든다
물안개 잔뜩 피어 앞이…

겨울, 그곳에서
— 시네마 서울

다시 아침
꽝, 꽝 얼어붙은 땅
잔설 군데군데 뿌리 내리는 잔디밭
지나서, 민둥산 중턱
바위께까지 힘겹게 올라
살얼음 낀 심호흡 한번 해보고

얄팍한 겉옷의 등짝을 서로 맞대고 앉아
가느다란 겨울햇살을 한 올씩 기우며
비어져 나오는 이·빈대 등등을
짓누르며, 나누는 따사로운 잡담의 온기

식어가는 어느새 해는 지고
무심히 해 넘어간 하늘 언저리부터
종일 드센 바람에 시달린 별들이
불안한 하늘에 박혀 있기 싫어
내려앉는, 설핏 눈 내리는 밤
우리들 얼굴은 그 별, 별들

집집마다 바람벽, 흔들흔들

가는 잠꼬대와 가끔의 하품에도
부서져내리는, 진흙담 위에 얹힌 세상사
산 정상에서 기슭으로 내려와
귀담아듣는 칼바람의 귀, 크디크다

조그마한 집쥐 같은 우리들
새우잠 속의 얇은 잠귀 밝히며
빌려온 꿈들이나마 베어갈까봐
웅크리고 또 웅크려 자는 모습, 들하며

이토록, 누렇더라도 빛날 얼굴로
살다가보면 하루, 또 하루 살다가보면

내가 없는 봄풍경
— 시네마 서울

길이 한곳으로 펼쳐진
봄은 깊은 수렁
터지는 꽃의 핏줄 사이로
내리는, 장대비 같은 햇살이 나를 눌러
나는 빠지고 싶었는데
당황하며 음지로 깊숙이 숨어들면
숨은 곳에서 왠지 나오고 싶고
나오고 나면… 또 들어가고 싶고
잠과 현실의 경계선을 얼마나 오고가야
혼미한 이 봄날에서 풀려나려나

나는 없는데, 없는 나를 이끌고
가는 길 한복판에 들쭉날쭉 솟아
걸림돌이 되어 있는 나

어느 길이고 가야 하는가 보다
가다 보면 길이 나를 묶었다 놓아주는
그 길의 봄이 빨리 져, 우거지면
길은 안 보이리라
앉아 있으면, 숨죽여!

감추었던 마지막 길을 펼치는데
걸어가던 나는 사라지는
느낌으로

대리석 속에서
— 시네마 서울

우는 이유를 모르는 사람들이
웅성웅성 둘러싼다
돌 속에 갇힌 나를 보는 멀건 얼굴들

시간이 흘러도 모두 같은 걸음으로
시간이 흘러도 똑같은 심정으로
혹은 말투로 대하는 얼굴들이
나를 본다, 내가 본다

갇힘을 내가 본다
하루를 살더라도

이태껏 살아온 추억을 펼쳐본다
간혹 들여다보고 싶어도 못했던 일
어둠 짙은 오늘에야 비로소

시도 때도 없이 못난 뒤통수 후려친
많은 바람이 휩쓸었는지, 남아 있는 것은
아무것도 없고 고요만

실종, 또는 공원묘지 사람들

— 시네마 서울

조금씩 느려지는 삽질을 한다, 깡마른 어깨들
그늘진 얼굴을 한 인부가 내던진 삽이 꽂힌다
비스듬하게, "되는 일 없네"
접힌 허리를 몇 번에 걸쳐 곧추세우는 인부가
"시궁창 생활도 이젠 끝이지"
유달리 땀에 흠뻑 젖은 인부 "설명 못할 기분이군"
"끔찍한 궁핍이군" 담뱃불을 댕긴 인부가 눈꼬리 찌푸리곤
밭은기침을 반복하며 삽을 꽂았다 뺐다 한다
흙구덩이에 던져져 삽에 짓이겨지는 담배꽁초 사그라지는 불빛
드러난 나무뿌리에 비스듬히 세워두었던 막소주를
돌려가며 나발부는 그들, 눈시울 붉어지고
"어제는 저기였지, 아마…" 긴 숨이 새어나온다

유월 가뭄이 기승부리는 허공에서 뒤엉키는 **대화**對話

서쪽 앞산 공지선空地線에 새털구름 사라지고 달아오른 얼굴의 인부
"기다리는 동안 목이나 맬까"

"흥! 갈대 스치는 바람소리군" — 침묵, — 침묵
"아 배고파" — 침묵, 침 굵게 삼키고
지렁이들 흙을 껴안고 뒹구는 위로 담배를 부벼 끈다
"꿈틀대도 별수없지" 창자를 쏟을 것처럼 침을 게워올리며
"크악! 조심해, 그놈들도 사나워"

언덕 아래 검은 봉고가 도착했다 건장한 사내 몇몇
검은 비닐에 싸인 보따릴 각자 이고 서서히 올라온다
짧아지는 거리 때문인지 뚜렷이 들리는 목소리
— 저들은 늙고 충실한 괜찮은 하인이죠
"일어나! 이 돼지들아, 일어나란 말이야"
구덩이에 던져지는 검은 비닐 보따리들
"다시 묻어" 한동안 끊겼던 삽질 다시 시작되고
던져지는 흙이 돌멩이가 조금씩 비닐을 찢는다
아주 희고 작은, 푸르데데한 발과 손이 언뜻 보인다

일을 마친 그들은 그늘로 널브러지듯 주저앉는다
"가버렸군 벌써, 인사도 없이 말이야"
두툼해진 바지주머니 위로 봉투를 매만지는 인부들

"눈도 안 뜬 강아지들 같더군" "아니야, 끔찍한 오후였어"
삽을 둘러메며 한 인부가 일어서자, 앞서거니 뒤서거니 한다
"저 며칠 전 건 썩었겠지 냄새나는 것 같아"
"그래도 행복한 나날이야! 안 그래"
해 지는 곳의 느티나무 무리 불타오르다 금세 식어버리고
어두워 오는 길 위로 쇠 부딪는 소쩍새 울음이 따라오며
무거운 그들의 발목을 깨문다, 절뚝이며 어둠으로 들어간다
"모두 썩겠지, 어두운 땅에 남길 것 없는 하루살이 삶처럼"
참았던, 고체 연료 같은 누런 가래를 뱉는 누군가
버린 담뱃불이 바짝 마른 풀을 마구잡이로 부추긴다

대화大火로 이어지는 대화. 어둠마저 안절부절못하고

2부

기억에 대하여 1

너덜너덜한 개인수첩
속의 얼굴들이 전화번호들이
자음·모음·숫자 가리지 않고
말끔히 표백되어 날아가고

빛바랜 종이 위에
마른 가래침보다 더 누렇게 뜬
영양실조의 이름들
모두
떠오르는, 가라앉는

죽음에 대하여

새 삶에 이를 것이다
새 삶에 이를 것이다
새 삶에 이를 것이다
세월이여, 끊이지 않는 바람

새 삶에 이를 것이다
새 삶에 이를 것이다
새 삶에 이를 것이다
바람이여, 상처 많은 나뭇가지

새 삶에 이를 것이다
새 삶에 이를 것이다
새 삶에 이를 것이다
가지여, 끝에 매달린 반딧불 영혼

얼마를 돌고 도는가, 그 손쉬운 죽음
이르는 길 누구는 어느새
다른 죽음을 살고, 다시

새 삶에 이를 것이다

새 삶에 이를 것이다
그리고 다시 머릿속 사막을 걷는,
모랫바람만 내쉬는 눈먼 낙타처럼
걷다가 죽음에 이를 것이다

세포들에, 죽어가는 나는 묻힌다
그 어지러운 분열이 뒤섞여
또 다른 나를 대신할 것이다

거리, 또 거리

모랫바람 이는 거리
한가운데, 맛깔스러운 갈증
나에게로 열린 길이 없어
나에게로 찾아가지 못하고
해 지는 시간의 심연으로
눈감고 주저앉는다

버둥거려야 하는, 이어지는 이 시간
너무도 많은 거짓말과 문장으로
치장할 때마다 드러나는,
더 이상 가릴 부분이 없는데

나는, 앞이 보이지 않는
가로등 하나 켜지지 않은 거리에
갇혀 내가 벗어놓은 것들을
바라본다, 땀에 젖은 비웃음의 문장들
나의 벌건 몸뚱이를 찔러온다
하수구에서 솟구치는, 오염된
나의 탄식들

나는, 거리에 버티고 선
시간들의 거친 발자국 소리를
듣는다, 기억의 계엄령이
풀어놓은 군인들의 똑같은 얼굴처럼
뻣뻣하게 굳은 시간들, 속에
미어터질 듯한
혼란의 한가운데 놓여진다

자동차 안에서

1

창을 열면 — 두엄 냄새가 — 가득 — 죽음 냄새가 — 저 먼 — 곳에서부터 계엄군 — 같은 안개가 — 진군해 — 취기가 — 온다 — 상향 라이트를 켜면 — 조금 보이던 — 앞이 — 두꺼운 커튼처럼 앞을 가로막는 — 튼튼한 — 저항 — 할 수 없는 — 안개

2

스타트 라인을 벗어난 차들이
바람으로 안개를 내몰며
앞서거니 뒤서거니 사라지고
사라진 멀리까지
보이지 않는 앞으로 눈감고
나는 가고 있다, 더 이상 진행이 어렵다고
술깬 나는 오른발을 굳게 만들지만
취한 나는 액셀러레이터를 밟는다

취한 나와 술깬 나
사이의 나를 제발 이젠
가만 놔둬!

백육십으로 먼저 간 나를 뒤따르느라
충혈된 나의 눈 속에서 나는
시린 눈을 살며시 뜬다
취한 나와 술깬 나
사이의 나는 운전대에 머리를 박고 있다
나의 발에 걸려 있는 액셀러레이터

3

천천히 깨진 창을 열면, 바로 전에 맡았던
죽음 냄새, 같은 두엄 냄새가 널린
저 먼 골짜기에서부터 풍겨오고
깨진 상향 라이트를 켜면
두꺼운 관처럼 앞뒤 좌우를
가로막는 — 저항할 수 없는 안개
갇혀 있다, 피투성이인 채로

가면 뒤에서

발가벗겨져 있어
흑백도 컬러도 아닌
단순한 사진이 아니다
포스트모던한, 거추장스러운
난해한 그림은 더더욱

모든 것이 나에게
달겨들어 나를 뜯고 있는 거다
도시를 헤매던 이리들 눈빛에
거리 곳곳에 굶주리던 걸인들 손끝까지
썩은 살과 푸른 피는 조각난 걸레처럼
천지사방에 널려 있다, 이것은

새로운 부활인가, 혹은 오랜 무덤인가
그 모습을 두 눈 부릅뜨고
나를 떠나 드러눕거나, 공중에 뜬 내가
그런 나를 비웃으며 지켜보고만 있지

그러나 서거나 눕지 않은
결가부좌, 비슷한 모습으로

고통은 나를 위해 존재하기 때문에
항상 욕할 순 없어
도리어 그런 나에게 측은지심이야

버려!
나를 버리고, 나를 부추기며 앞으로
앞으로 나가야 하는데
어디서도 그런 나를 볼 수가 없다

나는 어디 있을까
나는 어디 있을까
진짜 고통 어느 누구의 가면 뒤

막다른 골목

1

무수한 방향에서
불어오는 바람의 신경들을
손가락에 걸어보기도
가끔 베이기도 하고
십일월 소나기 맞아 꽁꽁 얼어붙은
풍향계, 고장난, 요란스레
돌아가다 만
소리를 듣기도 하고

지금 무얼 하는가
나에게 물은 후, 서 있는
이곳엔
비 쏟아지고 폭우가
멈추지 않고 쏟아질 죄에
번쩍! 녹아버릴 피뢰침 같은 벌에
(내심 고뇌/생각만 가득하고)

아는 자들은 머뭇거리거나 침묵하고
모르는 자들은 마구 떠벌이지

2
은사시나무 잎 다 진 가지,
벌거벗은 불안으로, 흔들리는
끄트머리에 간신히 매달린다

다시 나는 어디로 흐르는가
의아심, 괜히 들어
길을 물어오는 너에게 혹은
곁에 선 모두에게, 되레
나는, 지금, 무얼, 어디… 등등을

아는 자들은 머뭇거리거나 침묵하고
모르는 자들은 마구 떠벌이지

3
막다른 골목, 떼밀리듯 쏟아져나오는
혼란이 나를 뒤숭숭하게 하지,
나를 너무 잘 알고 있지
결코 침묵은 빛나지 않는다는 걸
나에게 몰입해도 이 거리에선

나를 보지 못할 수밖에….
나는, 더 깊은
혼란에 빠질 수밖에 없는 나를
그리고, 정녕, 나를 모른다는 사실을
누군가 알려주려나,
끝가지에 매달려 흔들리면서

아는 자들은 머뭇거리거나 침묵하고
모르는 자들은 마구 떠벌이지

기억에 대하여 2

머리 찌그러지며
빛의 자궁을 빠져나온 이후
혼자 힘으로 어둠 속에서 살았다고
만나는 누구에게나
저음으로 고백하지만
(사실 나를 키운 건
눈에 보이지 않는
크나큰 어둠 속에서
느껴지지 않는 것들뿐)

아들 하나 낳고
뛰놀며 찧고 까부는
하루하루 잠자는 모습 지켜보며
"너는 어설픈 사랑으로, 나의
빛나는 폭력으로 자랐다"고
말해주고 싶다
(사실을 말하건대 아들에게서
잊었던, 아니 잊으려 노력했던
천진무구와 순수를 본다)

희생에 대하여

태양신의 제물, 나는
갈증으로 헉헉거리는,
눈부신 거리를 배회하는
한 마리 개다

식어가는 태양의 화살만
머리에 내려꽂힌다
간혹 얼굴을 가린 구름이 떠오르기도 해

무엇이 억압하는가, 에 대해
간혹 의문을 나는 갖지만
해답은 우왕좌왕
거리를 헤매는 흰 개

나를 둘러싼, 돌을 던지는
사람들은 쉬지 않고 말하지
"너는, 너/그들/을 억압해"라고

거리의 몇몇 개들은 귀를 틀어막고
혀를 빼문 입을 찢으며

아니다, 라고 짖어대지만
그들 눈빛은 거룩해!
그건 결국은 너야, 라고

우물쭈물할 때마다 드러나는,
핏빛 저물녘 앞에 몹시 웅크려
저녁놀보다
성난 얼굴을 가리고
내내 가슴 졸이진 않았지만

결국 모두를 뒤흔들고
억압하는 것도 나이며,
나를 억압한 것도 나인 것을

소문에 대하여

물으나마나다
그 어떤 것에 대해서도
즉각적인 답을 피한다
나는 곧잘 나를 피해, 도주한다
그것이 스스로 만든 무덤이라는
사실을 아는 사람 없다

무덤을 파헤치는 조막손
피도 흘리지 않는
그는 짐승이다, 짐승이다, 짐승
용서받을 수 없는 일들이
벌건 대낮에 일어나고
썩은 몸을 친친 감고 있다
뜯겨나가는 마른 고름들

너덜너덜 찢겨진 소문들이
붙은 벽,
위로 원래 없었던 길이 난다
지름길 약도만을 갖고 있는 절망
벽으로 뿌리내린 무성한 일년생 풀은

물구나무로도 무사하다
시간이 모랫더미 속으로 흐르고
벽에 붙었던 길들이 허물어지고
다시 희미해지는
길들은 나의 무덤으로 나 있다
그 무덤엔 사철 내내
무성할 잡초 같은 소문들

썩지 않는다 사라지지
않는다, 나를 피해 다니며 나를
망가뜨릴 내가 만든 나에 대한
오, 불멸의

일몰, 그후

절뚝이며, 절뚝이며, 끌리듯
쉬지도 못하고 걸어
하늘로 뻗은 가랑이 사이로
피 쏟는 산,
아래 도착한다
어느 사이 나는 어둠이다

절름발이로 간 나보다
먼저 도착한
생각들이 고여 있는
그곳, 전체에, 죽음의 냄새가
오래 전부터 진동했는지

어느새 산 속 버려져 나뒹구는
내, 냄새나는 몸에
넉넉히 썩은 낙엽이 달라붙고
무디게 꺾인 가지가 찔러오고
푸석돌이 이마를 손톱을 짓이기고
이래저래 흩어지는구나,
너무 오래 살았구나

낮은 곳, 근처에서 빙빙 돌며
고였던 짧은 삶은 어디로

빛 잃은 등대가 풍경이 된 해안
희뿌윰한 해가 박힌 모래밭 바다에
절뚝거리는 속도만큼, 권태롭던
오래된 생각이
파도에 실려 떼밀리기를 계속하다
새벽이 오늘도, 있음을 잊었던지

말씀에 대하여

말에는 뼈가 있다
부서지거나 어긋나거나
하여, 항상 긴장하게 만드는
뼈가 있다 그래도, 제대로 움직이는

말에는 빛이 있다 음지에서
보이지는 않지만
숨죽여 자라는 잡풀들
손 들고 햇살로
걸어나오게 하는 힘을 가진
빛이, 그러나 말에는
쥐며느리 사육되고 곰팡이 피게 하는
짙은 그늘 또한 있다

뒤에서 혹은, 앞에서
침묵하기 위해 말을 하고
말을 하기 위해 침묵한다
말에는 늘 다른 말이 뒤따른다

지나치지 않을 중용의

순간들, 말의 집합체
터지는 우주!
비로소 말이 없어지는가

이방인
— 길을 추억함

눈먼 나를 유혹하는
저 붉은 태양
언제나 닫힌 태양의 빗장을
열면, 길 없는 모래밭이다
눈이 부시다 까닭없이
혈관은 데워지고
눈뜨는 분노로

가슴속에 숨겨둔
총을 꺼내들고
떨리는 손가락으로
방아쇠를 당긴다
다시 흐를 수 없는 젊음
만들고 지났던 길은
지워지고 지워진
길 위에서, 피가 철철 흐르는
심장으로 파고드는
모래가 뒤섞여 온통

쓰라린 나는 태양과 함께

빗장을 다시 잠그고
덧칠된 어둠 속에서
산다, 자연의 유혹을 벗어나려고

연극이 끝나고

불이 꺼졌던, 바라던, 삶은 약속된
연극이다, 다시 똑같은 행위는
반복할 수 없다

떠돌던 소문을 믿어버린 걸까
누구도, 보지 않아도 된다
수많은 등장인물과 관객, 모두

아무도 보지 못한, 수긍하지 않으려는
미래를 보여주려는
연극이 끝난 후, 싸늘한
무대에 오른 나의 내일은
다시 그 무대에
엑스트라로 오른다는 사실뿐

마지막을 장식했던 비명과
음악이 나를 꽁꽁 묶는다
우울한 주제가 계속 휘돈다

기억 때문에 슬프다

언제부터인가
과거만 갉아먹던 불가사리처럼
얼마 살지 않고 모두 먹고 마는가
이건! 연극이다, 다시
같은 행위를 반복할 수 없는

부전자전

오랜만에, 틈을 짜내서 만난다
그간 얘기를 듣는다
더 깊고 넓었던 강은 왜
그 새 이리도 좁아지고 말랐는지,
너무나 많은 지류들 앙상히 드러나고
얼굴을 펼 때마다 메마른 땅이 부대끼며
갈라지는 예기치 않은 소리를 듣는다
항상 바다를 그리는 소라를 귀 속에 넣고
평생을 환청만으로 살아온 아버지,
오늘따라 나직이 건네는 이야기도
늘 붐비던 환청 속에 들었을 것이고
알맹이 없는 각질 속에 얼마나
오래도록 묵혀둔 이야기일까

몇 해 전 어머니를 바람의 세상 속으로
먼저 떠나보내고 혼자 남아
당신 몸마저 죽었다가
깨어날 때 꾸었던, 깊고 짧은 꿈
아니, 유체이탈해서 본 세상에서
손짓하며 따라오라던 먼저 죽은 많은 사람들

거짓 같은 그 이야기, 환청처럼 다시 하며
"할 일이 많아 따라가지 못했지만
곧 가게 되겠지, 이젠 바다가 가까우니까"

이리저리 할 일이 많아, 아버지처럼
자주 오지 못할 불효를 듣고도
무덤덤 흐르는, 이제는 생강 주름살
미어터지는 속내를 밝히지 못하고
어설픈 웃음을 띠우는 나는
아버지 어깨에 떨어지는
소리 없는 폭포에 대고
목소리 높여 환청처럼 크게 말한다

이방인

얼마 전부터 그들 부부 단칸방에
작은 사내애가
불쑥, 아랫목을 차지했다

종일 하는 일 없이 누웠는
그 애를 위해
삼시세끼 음식수발에 쏟아지는 빨래 등
갖은 뒤치다꺼리로, 회사일 이외 시간을
고스란히 바치며 분주한 척한 그들

그 애는, 있는 둥 없는 둥
하는 잠든 시간에도
그들에게 침묵을 강요하고
소리나지 않는 족쇄를 채웠다

운동반경 10미터 채 되지 않는
집구석을 발꿈치 들고 오고가야 했다
그러다 지치면 구석에 쭈그리고 앉아
쥐죽은 귀엣말을 나누는 그들
오늘도 무사히, 보냄을

그들은 서로 칭찬하며 위안한다

조그맣게, 웅크려 잠자는 사이사이
그들보다 더 커지며
독재자가 되어가는 그 애를 보며

누가 먼저였는지

소멸에 대해 이야기하련다
나의 일이 아니라고 되뇌이며
늘상 암시한
이별에 대해 이야기하련다
더 짙게 드리운 절망에 대해
그 외, 서슴없이 다가와 일어날 수 있는
분노와 슬픔과 애간장 저미는
것에 대해 마음내키는 대로
남보다 더 깊은 밤에 순식간에 일어나는
죽음에 대해, 이젠 이야기하련다

또는 이도 저도 아닌 것에 대해
누구나 알 수 있는 것에 대해
모르는 만큼만 말하고
미처 손대지 못한 것에 대해
아는 만큼만 침묵해야 한다
결정하지 못하고 따르지 못한 것에 대한
미련이 평생 그림자로 따라붙으리

아직 나에 대한 결론에 이르지 못했다

아직 나의 시작에 대해 파악하지 못했다
모든 두려움이 굳게 문을 닫는
한밤에 일어나 잠자리를 다시 돌아보리니
죽음은 깊고 깊어, 누가 먼저였는지

흑과 백

가래 끓어올리는 트럭
지나고 간 산동네 비탈 위에
한 무더기의 석탄, 또는
군데군데 내버려진 연탄재가
미라처럼 드러누웠다
인적 드문 비탈길, 며칠째
눈이 내리고 먼지처럼 내리고
쌓이고 있다

저건 흑과 백의 싸움
여간 팽팽한 게 아니다
눈 내려 쌓일수록 먼지의 무게
거부도 못하고 층층이 갇힌다.
오래도록 묶였던, 이놈의 추위가
풀리는 한밤이다

연탄재는 눈에 점점 갇혀
화석이 되어 굳어가고
미라처럼 보이지 않지만,
짓눌리면서도 터를 닦았는지

검은 몸을 드러내는 석탄
땀을 뻘뻘 흘리며 보여주는
얼굴이다 시작한 적이 없는
싸움은 이미, 끝났다

눈은 내리고 이곳에 내리고
적막 깊은 산 탄광 입구
내리자마자 녹는 눈
도시 한 귀퉁이 비탈길
내리며 쌓이거나 녹는 눈

짓이긴다

지난 밤, 며칠씩 꼬박 새운
비쩍 마른 피로가 기우뚱

목타고 눈부신 햇살 속
반란의 사이렌이 날뛰는
오후 세시가 되자 도시를 뒤덮는
먹구름들의 빠른 행진, 환청
환시만 계속 이어지는 이곳과 저곳이
뒤섞이다 바뀌어버린다, 여긴
천국도 지옥도 아니다! 그럼
앉았다 일어서려니 무더기로 달려드는
폭염, 새하얀, 빈혈의 군단들
얼마나 조용히 살아야 이런 수모를
받지 않으며 살겠느냐고
피로가 외쳐본다

누웠다 일어서려 하니
오후 세시가 막 지나가고
그날 덧입은 환청과 환시가 얼마나
피로를 괴롭히기나 했는지

기억에 없다 거리를 지나는
많은 사람과 그들의 소리가
관심을 가져주지 않고, 다만
가누지 못하는 몸으로 거리에 드러누운
피로의 식어가는 몸을
건드린다, 찬다, 밟는다, 짓이긴다
폭염과 햇살은 들끓고 빛나는데

들끓는다

이젠 말하라, 그 가벼운 입으로
더 이상 간지러운 숭고함으로
치장되어선 안 되는 이유를
이젠 말하라, 어떤 표정으로든
말라붙어 얼룩진 핏자국은
자유와 혁명을 대신 앓아준
왼 가슴께 이름표가 아니었음을

막혔던 말문, 부러진 발목이
어디에도 없었다고
언제나 말부터 먼저 하고 뛰었다고
이젠 말하라, 아무것도 두렵지 않고
서로를 위한 눈치봄이
서로를 옭아맸던 부자유였음을
곪은 자유만이 곪은 세상이 보인다고

터지는, 터져버리고 마는
저 천지!
부지깽이를 맨땅 꽂아도 잎 피고
꽃 피우는 사월에는 무엇이든

이젠 맘껏 말하라
들끓는 저 천지를 향해

3부

날개를 달고 난 후에야

어둠이 덮인 후에야
오늘 나의 외출은 종말을 고했다
문득, 스러진 별빛이 일어서고 있을 때
낮에 좁은 창을 비집고 들어온
햇빛이 놀다간 자리를 생각한다
어김없이 화장품 병들의 반사를 받아
곰팡내 나는 나의 방을 덮어버렸다
향수로, 아내의 체취로 가득한 나의 꽃밭
방을 접어두고 거리로 나온 나는
정말 후회를 했다

전차가 짓밟고 간 철길에는
밤을 빼앗긴 잡초의 외로운 신음
펄럭이고 노을이 가시지 않은
사금의 잔해를 주워모아
동전 넘치는 주머니를 비웠다

어둠, 어둠이었다
나를 잡아당기던 외출을 끝내고
역전을 서성이면 어둠 속의 너의

낯선 그림자가 나에게 다가온다
내가 섰는 시계탑에서 나는
지금 몇 시였는지 모른다
불현듯이 겨드랑이가 가렵다
날자, 날자 한번만 더 날자꾸나*

붉은 어둠 속에서 몇 겹 하늘로
날아올라 빈 터 복판에 던져져 있는
우울한 나의 껍데기여
나의 껍데기를 보며 세상이 놀랄 만한
웃음을 쾌히 터뜨렸다

구름에 걸린 웃음이 바람에 실려가고
흩어지는 모양을 본다
웃음이 끊어지지 않아
웃음이 끊어지지 않아

하늘에 걸려 있어도
나를 뚜렷이 본 사람이 아무도 없지
사람들은 하늘을 본다는 사실

하나만으로도 부끄러움을 느끼지
어둠이 덮인 후에야
나의 날개는 자꾸 커지면서
날아오르고 날아오르고
복창이 터질 만큼 웃었지
외로움의 기쁨을 본 거야
진짜 웃음 뒤에 오는 허전함
울먹임의 쾌감이 온몸에 강하게 흘렀다

* 이상의 소설 「날개」 중에서.

외박 진술서

저주하는 아내에게 구질久疾의 병을 가진…

외출 허가를 기다리지 않고 마음내키는 대로
몇 푼의 주머니 돈으로 눈 휘둥그레져서
발길 닿는 시내를 떠돈다

외톨이 사냥감을 반기듯
태양이 활시위를 당겼다, 상처입고
몇 차례 고꾸라진다 머리가 깨진다
숨가쁜 신음 토하며 설설 기어서
골목에 숨어 앞가슴을 풀어헤친다, 절망…, 정말이지
거리 군데군데, 사금파리처럼 남아 눈시린 햇빛
앞이 도무지 보이지 않는다 더듬더듬 갈 길을

햇빛만 뜨겁고 아무것도 서성이지 않는 정류장에서
시간은 마음대로 흘러 보신각 종 밑 그늘 머물고
별안간 날 흐리더니 여우비 잠시 비치고
추억이 떨어지는, 겨우 진정한 나의 갈 곳은?
아프다, 오랜만의 외출이라
다리가 아프다 남산을 돌아, 서울역 앞

칠흑을 가장한 어둠과 뒤늦게 내리는 비, 걷는다
걷는다, 낯선 모두 낯선 사람, 들 돌아가는 곳은

오래, 오래도록 걷다가 문득 만난 고독, 낯선 이름과
부딪쳐 악수를 나누고 반갑다는 듯 나는 술집으로
참새처럼 졸고 있는 주모를 깨우고 술을 마셨다
낯선 고독이 세상사 도마에 놓고 안주 만들고
나는 나의 문제로 얼굴이 화끈 달아올랐다

거리로 나와 물웅덩이에 쏟아진 별의 흐르는 시간을 보고
전신주에 몸을 의지해 잠시 서 있는데 황토가 발목을
끌어당겼다 어디였는지 모르겠다, 진짜로 모르겠다
아, 햇빛에 찢긴 시신경은 회복되지 않은 채 밤새 시달리고
나의 모든 신경이 풀어져 나를 허공에 띄울 때
시달리다 못해 까무러쳐버렸…

구질久疾의 병을 가진 졸장부가

저금통에 대해

밤마다 허구한 날 밤마다
은빛 동전을 던져주고 나가는
머리카락이 수북이 빠진
잠든 머리맡에 쌓여가는 양심
나의 껍데기, 아내여, 어딘가에 살아 있을까
손바닥만 한 창으로 눈부신 햇살
어제 난생처음, 나의 날개가 돋은 후
잃었던 웃음이 당신 화장품 병에
가득 채워져 있는데

듣기 싫었다 무얼 하는지 모르지만
거친 들을 걷는, 피맺힌 하얀 발등
거적때기 문 부수듯 들리는 소리
나는 작은 소리에도 안으로만 기어든다
아내여 아직 살아 있는가
내 몸을 찔러 피를 보고파 하는
낯선 이름들의 구둣발, 너무 두렵고
무서운 바늘들, 날마다 쌓이는 은빛 동전
측은한 양심은 주저주저하는데
이 고통은 누구도 모를 거다

오늘도 아내는 낯선 이름과 외출 중!

어둠이 너무도 부신 날
오줌을 누며
모아둔 양심을 뒷간에 쑤셔넣었다
저금통의 사랑, 벙어리의 아픔
아내여 지금, 어디 있는가
정녕, 잃고자 잃어버리고자 했던
아내의 숨소리는 서슬 퍼런 풀들
미명의 들판에 떨고 있다

화장품 병에 대해

아내여, 어제도 미명의 들판에 있었는가
오랜 침묵의 집, 지키는 나에게는
식은 모이도 가져다주지 않고
주린 짐승의 눈, 미닫이문을 열면
아, 신생의 초원, 당신의 방
난쟁이 나무 곁에는 다소곳한 경대
LANCOME, DENIM…

초원에서 나는 너무도 고른 숨소리
내객內客들의 식지 않은 숨결,
소곤거림이 남아 있다
겨울이면 괴롭히던 빈대들 같아
돋보기, 돋보기 — 어디다 두었는지
경대 위에 잠들어 있는 화장품 병들
벽을 향해 던지지만
깊은 바다를 든 손이 무거워
살며시 놓고 만다

뚜껑을 열고 당신의 겨드랑이 만져보고
젖무덤 냄새 맡아보고

그래도, 떨어져 나가지 않는 숨소리
나의 괴벽이 시작된다
당신의 외출은 수초의 흔들거림
아내여 하루에 두 번 세수하는 아내여
무거운 어둠을 밀고 둘러보면
초원 구석에서부터 비로소
열리는 나의 아침
창으로 여린 햇살이 들어오면
시작되는 나의 쾌락, 돋보기 놀이, 놀이

실보다 가는 햇볕이 놀다간 자리
허리 굽힌 수초가 울고
그들의 신음 소리 모아 담아놓았는지
햇볕이 지나간 경대 위에
오색 무지개 남았다 나는 그제야
흰 골덴 양복을 입고
몇 번이고 서성이며 해대는 헛기침

돋보기 놀이에 대해

오전, 당신의 외출은 신기도 하여라

33번지 들판 한쪽으로
열여덟 개의 나무가 늘어서 있고
저 홀로 노래할 줄 아는 나무
밑둥 두더지집, 그러나 방은 하나
아내의 방 한켠 세 든 쪽방
어둠이 몇 시간씩 휩쓸고 간
두터운 이불 속에서 불끈 일어서곤 하는
무서운, 어쩌면 무의미한
순식간에 타오르는 굶주린 짐승의
정욕, 나의 정욕

일주일째 몸살 때문에 발끝이 가려워
외출 생각, 역 근처 다방의 커피
눈감아 보아라, 나는 거기 있다
망막에서 타는 노란 불꽃
소리 없이 타는 마음, 연기가 인다
눈을 떠보아도 모두 보인다
외출이 꿈틀거린다, 아는가 모르는가

가장 사랑스러운 정 붙은 겨울 빈대처럼
나도 빌붙어 산다, 타버린 나의 놀이
언제나 떳떳한 아내여
죽여 없애버렸던 것들이 부활해 다가온다
다시 나의 이불 속을 기어다니며
나를 밤새 괴롭힌다, 나의 삶
살고 싶다는 끈마저 갉아먹는다

오늘 아침은, 아내여
부디 오늘은 허락해주오
몰래 숨겨놓은 돋보기로
한줄기 희망과 쾌락을 굴절시켜
살아갈 희망을 갖게

아내여, 이름조차 기억 없는 아내여
벌써 이틀째 모이는 방치다
달빛에 고인 33번지 들판
떳떳이 걸어나가는
당신의 외출은 건강도 하여라

창으로 별빛 가득하여

아내여, 어젯밤에는 별빛이 그리워 잠이 오지 않았습니다 이것이 행복이라면, 내게로 솟구치는 탐욕의 이빨이라면 어둠을 마구 갈기갈기 찢어놓고, 물어뜯고 싶었습니다 거리에 나가면 (안 나가도 알 것 같아) 나는 며칠째 몰아치는 바람 채찍을 맞고 겨울비에 얼어붙은 퍼런 몸으로 서 있을 겁니다 겨울은 겨울로 끝나지 않고 언 몸 녹지 않으며 그대로…나의 머리맡에 세월처럼 쌓이는 은전은 빛나고만 있을 겁니다

외출할 때마다 그리워하던 별빛, 당신의 방 — 난쟁이나 무들이 자라는 들판에 나가면 거침없이 불려다니는 나의 과거들, 당신의 흰 몸뚱어리, 겨우내 모아두었던 은빛 불안이 당신의 자궁 깊이 파고듭니다 겨울은 겨울 나름대로의 얼굴과 위엄으로 달력 끝에 남아 있지만, 언젠가 상상해 보던, 당신과 나란히 누운 방 거기로 하염없이 쏟아지는 별빛, 추위 속에서 빈대가 살아나듯 푸릇푸릇 살아나는 정욕의 곰팡이—곧 봄입니다

아내여, 당신이 외출한 밤에도 그러했고 오늘도 잠이 오지 않습니다 내가 복용하던 해열제—아스피린 또는 아달

린, 아달린이어도 좋다, 좋았다, 끝없는 해안으로 달려가는 나의 괴벽 중 하나가 꿈틀거리면서 살아나고 이것이 그것인지, 도둑질도 계집질도 다른 어떤 것도 의미없이 못하는 나의 외박은, 아내여, 아는가 오늘밤 당신이 없는 골방, 아니 당신의 방, 들판을 거쳐 들어오는 별빛 가득하여 가슴이 터질 것 같습니다 나의 방 당신이 다녀간 발자국인 은동전들 사라지고 별들만 내려옵니다, 내일 나의 외출은 당신이 돌아오지 않더라도 외투 속에 담아 나가겠습니다 대낮의 달빛을 보며

아내여, 나의 모습에서 풋풋이 살아나는 봄바람이 당신에게로 흐릅니다, 둘만이 누운 방에도, 어디인지 모르지만 당신 머리맡에 내 별빛 담은 봄바람 달려갑니다 끝없이 흐를 겁니다

겨울 빈대에 대해서

…겨울, 그리고 온몸을 짓누르던
피해망상의 꿈

그날 밤 나는 울었다 못내 가슴이 두근두근
찢겨져나가고, 기억 속에 나는 울었다
악몽도 불운도 모두 내게로 달려들고
갈 곳조차 없는 나였다

독감 혹은 감기 몸살을 앓던 밤
아무도 없는 아내의 방에서 장롱 문이 열리고
작아진 나의 몸으로 날아오는 이불과 베개
밑에 깔려 헐떡이면서도
살아야 함, 어떤 연유인가
이불 속을 기어나오는 빈대들
수돗물 떨어지는 새벽 네시
고막을 흔들고 나는 이불 속 솜으로 기어든다

나의 방 어느 때고 어둠이 장악하고 있지
벽에 걸린 골덴 양복은 날개처럼
가볍게 천장을 오고가고, 무거워 보인다

아, 나의 알몸, 자유, 버러지 같은
비겁한 온몸이 붉어진 채 부풀어오르고

비로소 오줌 누러 나갈 때
어느 집 여편넨가
피 묻은 개짐을 천연스레 빨고 있었지
밤새 나의 몸을 사열하는 빈대들
허벅지로 정강이로 팔뚝으로
검열을 끝낸 빈대들

떠나간다 나는 드러누웠을 뿐
그 다음은 기억나지 않는다
퉤퉤, 버러지, 버러지들, 버러…

아스피린, 아달린

약물복용증
주민등록번호 630711— 101××××
이름 이상
주소 주거 부정
병력 피해망상, 자기만족증으로 인한
　　정신 감정을 한 적이 있음
특기사항 항상 수시로 주의 요함

시방 모두 백색, 생소한 곳임
시간 맞춰 약물 나눠주고
엉덩이에 주사 놓는 흰 모자 쓴
아가씨, 머릿속도 흰색임

아내여 꿈속에서도 나를 일깨우는
아내여 부실한 몸 걱정해주는
아내여 나는 무신론자

나의 아내여, 약국에서 약도 사고 때맞춰
모이도 가져다주었지 가끔은 꿈속을 헤집고 다니며
나를 흔들더니 나를 여기에 던지고 마는구나

내 병은 내가 알지
더 발광하고 싶지만 해가 뜨지 않는
장마 빗소리에 파묻혀, 나의 살갗
얇게 벗기며 고통을 덜고 싶었지
뛰어다니는 빗소리

모든 것을 저버리고 싶다
아스피린 아달린 빈대 돋보기
특히 화장품 병

작은 창 오늘은 볕이 들어오지 않음
한 일도 없는 하루 시시하게 감
일기, 오늘 일기는, 여기서, 백지

소멸, 새 삶을 위한 백지의 '여기'

김정수/ 시인

1

1988년 경향신문 신춘문예에 당선한 조현석 시인은 등단 5년 만에 첫 시집 『에드바르트 뭉크의 꿈꾸는 겨울스케치』(청하, 1992)를 내고, 다시 3년 만에 두 번째 시집 『불법, … 체류자』(문학세계사, 1995)를 냈다. 첫 번째 시집과 두 번째 시집 출간에 3년의 터울이 있지만, 실상은 많은 시가 같은 시기에 쓰였다. 따라서 첫 시집의 연장선상이 아닌 같은 선상에 놓고 봐야 마땅하다. 조현석 시인의 전언과 시집 「서문」에서 "좀 더 좋은 거짓을 펼쳤어야 하는데… 이제 그런 후회도 든다"고 한 것이 이를 뒷받침한다.

첫 시집 해설을 쓴 성민엽 문학평론가가 지적했듯이, "조현석의 시 쓰기는 두 개의 줄기를 일구어내며 수행되어 왔"는데, "하나는 외부세계에 대한 두려움의 뿌리를 드러내는 것"이고, "다른 하나는 그 뿌리를 드러내기를 위한 내성이 획득하는 사회상"이다. 즉 첫 시집이 안에서 밖을 보는 세상이면서 사회에 대한 면역력을 키우는 시적 경향을 보여준다면, 두 번째 시집은 밖에서 안, 혹은 안에서 밖을 바라보면서 불안한 내면세계를 표출하는데 대체로 방황하거나 분노하거나 회의한다.

두 시집에서 공통적으로 불안한 미래와 사회, 사람을 불신하는 도시 소시민의 삶을 드러낸다. 전통적인 권위를 배척하면서 현대문명과 도시 감각을 화두로 삼고 있다는 점에서 그의 시는 모더니즘에 뿌리를 두고 있다고 평가할 수 있다. 특히 "비시적非詩的 요소와 현대문명現代文明"(이하 김현, 김수영 시집『거대한 뿌리』해설)을 과감히 도입하면서 거기에서 한 걸음 더 나아가, "비시적非詩的 요소와 현대문명을, 도입하기 위해서 도입하는 태도까지 비판"한 김수영의 시정신에 맥이 닿아 있다. 김현은 "김수영金洙暎의 시적詩的 주제主題는 자유自由"라고 단적으로 말했는데, 조현석의 시적 주제 또한 이와 무관치 않다. 김수영이 자유를 시적 탐구 대상으로 삼은 데 반해 조현석은 자유를 서로를 옭아매고 있는 부자유에 대한 시적 지향점으로 삼고 있다.

조현석이 시「들끓는다」에서 제시한 "곪은 자유만이 곪은 세상이 보인다"라는 명제는 의미심장하다. 일차적으로 의미하는 바는 곪은 살을 째고 고름을 빼내야 새 살이 돋아난다는 것이다. 시인은 곪은 자유와 곪은 세상을 일직선에 놓음으로써 부패한 세상을 치유하려면 내가 먼저 그 세상에 발을 들여놓아야 함을 환기한다. 타락하지 않은 자유로는 타락한 세상을 치유할 수 없다는 것이다. 또한 사랑스러운 어린 아들을 '독재자'라고 새롭게 규정하고, "약물복용증"에 실제 "주민등록번호"(「아스피린, 아달린」)를 버젓이 드러내는 한편 '시네마 서울' 연작시에서 보여주는 해체구조 등은 조현석의 시가 모더니즘에 머물지 않고 포스트모더니즘으로 진일보했음을 보여준다.

모더니즘이 혁신적이긴 하지만 개성보다는 전통과 보편성을 중시한 반면 포스트모더니즘은 이를 거부하면서 개성·자율성·다양성·대중성 등을 존중한다. 김수영이 4·19 이후 혁명에 관심을 가진 것처럼 조현석은 "독재타도 호헌철폐"를 외쳤던 6월항쟁 이후 불의와 타협하지 않는 사회정의에 관심을 둔다. 하지만 급격한 사회 변혁은 엄청난 변화속도와 무차별적인 광역성 때문에 의식을 송두리째 뒤흔들어놓는다. 이처럼 불안한 상황에서 김수영은 '본다'라는 행위로, 조현석은 '소멸'이라는 존재론으로 자유에 접근한다. 급격한 사회 변화와 끊임없이 삶에 부대끼면서 쉽게 해결할 수 없는 것이 생활이다. 사회와 생활의 불안은 조현석이 추구하는 시적 방향성이라기보다 도시에서 소시민으로 살아가면서 체득한 경험의 자연스러운 발로라 할 수 있다.

2

등단작이면서 대표작인 「에드바르트 뭉크의 꿈꾸는 겨울 스케치」에 대해 성민엽 문학평론가는 "얼핏 전형적인 신춘문예형 시詩인 것처럼 보인다. 상투적인 틀을 거의 벗어나지 않는 가운데 자못 현란하면서도 매끈하게 펼쳐지는 수사와 장식적 이미지들, 세련된 감상성·여성성 등이 그러하다"며, "그러나 좀 더 자세히 들여다보면, 이 시에는 신춘문예형을 넘어서는 일종의 치열한 정서가 잠복되어 있다. 그것은 우선 외부세계에 대한 두려움으로 나타난다"고 했다. 여기에서 말하는 "외부세계"는 공간적 의미의 '세상 밖'이면서 '자아의 바깥'을 동시에 함유하고 있다. 외부세계에 대한 두려움은 시대적 상황과 가족사, 시적 취향 등이 서로 맞물려 있다.

위에 언급한 시에서 "저절로 닫히는 덧문, 내 혀가 끼인다"는 문을 열고 밖으로 나가지도 못하는 어정쩡한 상태에서 겨우 창을 열고 밖을 내다보는 불안한 심리상태를 보여준다. 덧문에 낀 혀의 고통은 현재 시인이 느끼고 있는 심리적 압박과 고통을 상징한다. 조현석의 시에서 방은 불안과 공포를 제어할 수 있는, 심리적 안정을 취할 수 있는 공간이 아니다.

첫 시집에 수록된 연작시 '오피스텔'은 "술에 젖는 혼자인 실내, 혼자인 어둠, 혼자인 잠"(이하 「오피스텔」)에 빠질 수 있는 철저히 고독한 공간이다. 시인은 이 공간에서도 자유롭지 못하다. "블라인드를 뚫은 마약 같은 햇빛 속에서 눈을" 뜨면 "지하철 공사중인 굴삭기의 정신 없는 소음"(이하 「오피스텔 코팅창窓」)과 "공중의 타워크레인" 소리, "소형 오토바이로 배달"하는 소리, "자동차로 행상 리어카" 등 온갖 소음이 무단 침입한다.

손바닥만 한 방에 들어 봄부터 자라던
별 아래 싱싱한 꽃이 시들고 새도 가끔 날아들더니
얼핏 하늘엔 구름과 바람의 손끝도 보이더니
머물고 싶던 것 다 머물다 가더니
모두 보이지 않는다 계엄령이 지배하는
거리, 하늘, 집구석, 가을 그리고 마음
때문이었다 다만 그것 때문이었다

하룻밤 자고 일어나니
거리는 온통 한겨울 된서리에 두들겨맞아
오금도 펴지 못하고 으스스 떨고 있었다

—「된서리」 부분

모든 길이 끊겨 있었다 끊겨진
사방팔방의 길을 둘러볼 여유 없다
어디에 길을 물어야 갑자기 잃은 길을
되찾을 수 있을지

허공에 대고 묻는다 벽에다 묻는다
표지판에다, ……대답은 없다

—「벽에다 묻는다」 부분

첫 시집에 수록된 위의 시 두 편에서 볼 수 있듯, 시인의 불안은 앞이 보이지 않는, 벽이 앞을 가로막는 것 같은 상황에서 비롯된다. "거리, 하늘, 집구석, 가을 그리고 마음"까지 "계엄령이 지배"한다. 계엄군은 어느 날 불시에 들이닥친 것이 아니라 서서히 목을 조여오는 올가미 같다. 빠져나가려 하면 할수록 점점 숨통을 조여온다. 계엄령의 거리는 최루탄과 돌멩이가 난무하고, "손바닥만 한 방"에서 시작한 결혼과 아이의 탄생, 갑작스러운 어머니의 죽음과 홀로 남겨진 아버지와 동생들, 그리고 장남으로서의 책임감은 가을의 낭만과 시인의 길도 옭아맨다. 집이나 집안을 낮잡아 이르는 '집구석'이라는 말에서 집 밖으로 떠돌 수밖에 없는 육화肉化된 실존의 고민이 엿보인다.

3

조현석의 시에서 '소멸'은 시집 제목이기도 한, '불법체류자'라는 인식과 밀접하게 연관되어 있다. 사전적 의미의 불법체류자는 국내에 체류하는 외국인 중에서 체류 기간과 체류 목적 등을 위반하여 체류하고 있는 자를 말한다. 이 땅에 살고 있지만, 합법이 아닌 불법, 뿌리를 내리고 사는 것이 아닌 부유물처럼 떠도는 사람들이다. 거대한 톱니바퀴처럼 맞물려 돌아가는 도시의 일상에서, 한곳에 정착하지 못하고 "나는 국외자이기도 하다"(「불법체류자 - 시네마 서울」)는 시적 고백 너머에는 아버지가 존재한다.

황해도 해주가 고향인 아버지는 조부모를 따라 일제강점기 때부터 서울 중구 중심가에 자리잡고 살면서 언제고 고

향으로 돌아갈 날만을 학수고대하던 실향민 출신이다. 조부모가 거느린 가계家系에 서울은 통일이 되면 떠나야 할 임시 거주지와 같다. 서울에서 태어난 시인의 심연을 지배하는 것은 "평생을 환청만으로 살아온 아버지"(이하 「부전자전」)와 마찬가지로 뿌리에 대한 환상이다. 그것은 나의 일이 아니라고 부정하지만 언제든 "서슴없이 다가와 일어날 수"(「누가 먼저였는지」) 있는 가능성 때문에 의식 저편엔 '이방인異邦人'이 살고 있다. 환상이 현실이 된 것은 결혼이라는 제도라 할 수 있다. 결혼은 부유하는 시인의 삶이 뿌리를 내릴 수 있는 터전과 기회를 제공하지만, 역설적이게도 더 치열한 생활현장으로 몸과 마음을 내몬다.

항상 바다를 그리는 소라를 귀 속에 넣고
평생을 환청만으로 살아온 아버지,
오늘따라 나직이 건네는 이야기도
늘 붐비던 환청 속에 들었을 것이고
알맹이 없는 각질 속에 얼마나
오래도록 묵혀둔 이야기일까

몇 해 전 어머니를 바람의 세상 속으로
먼저 떠나보내고 혼자 남아
당신 몸마저 죽었다가
깨어날 때 꾸었던, 깊고 짧은 꿈
아니, 유체이탈해서 본 세상에서
손짓하며 따라오라던 먼저 죽은 많은 사람들

거짓 같은 그 이야기, 환청처럼 다시 하며
"할 일이 많아 따라가지 못했지만
곧 가게 되겠지, 이젠 바다가 가까우니까"

—「부전자전」 부분

얼마 전부터 그들 부부 단칸방에
작은 사내애가
불쑥, 아랫목을 차지했다

종일 하는 일 없이 누웠는
그 애를 위해
삼시세끼 음식수발에 쏟아지는 빨래 등
갖은 뒤치다꺼리로, 회사일 이외 시간을
고스란히 바치며 분주한 척한 그들

그 애는, 있는 둥 없는 둥
하는 잠든 시간에도
그들에게 침묵을 강요하고
소리나지 않는 족쇄를 채웠다

운동반경 10미터 채 되지 않는
집구석을 발꿈치 들고 오고가야 했다
그러다 지치면 구석에 쭈그리고 앉아
쥐죽은 귀엣말을 나누는 그들
오늘도 무사히, 보냄을

그들은 서로 칭찬하며 위안한다

조그맣게, 웅크려 잠자는 사이사이
그들보다 더 커지며
독재자가 되어가는 그 애를 보며

—「이방인」 전문

시인은 몸 안에 "간밤에도/ 끊임없이 쉬지 않는 소음으로 가동되"(첫 시집, 「내 몸 안의 창고」)는 공장을 들인 것처럼 힘겹게 도시의 삶을 버틴다. "벌써 며칠씩 꼬박 새"(이하 「짓이긴다」)워 일을 하고 "앉았다 일어서려니" "폭염, 새하얀, 빈혈의 군단"이 무더기로 달려든다. 자고 일어나면 "한겨울 된서리에 두들겨맞은" 것처럼 아프다. 밤낮없이 일하지만 현실은 점점 더 열악해진다. 결혼 후 분가해 얻은 단칸방에 "불쑥, 아랫목을 차지한" 어린아이는 부부의 삶을 송두리째 바꿔놓는다. 혼자서는 아무것도 할 수 없는 아이는 이방인이면서 독재자다. 내 자유를 억압하는 대상인 셈이다. "삼시 세끼 음식수발에 쏟아지는 빨래 등/ 갖은 뒤치다꺼리"를 해줘야 하는 상전이기도 한다.

밤새워 일하고 들어와도 휴식은 없다. 아이가 잠든 시간에도 부부는 아이가 깰까 봐 "침묵을 강요" 당한다. 잠든 아이의 얼굴은 평화롭지만, 그 평화로움을 바라보는 부부의 표정은 전혀 평화롭지가 않다. "소리나지 않는 족쇄를 채웠다"는 것은 아이로 인한 갈등 이전에 부부의 갈등이 내재되어 있음을 암시한다. 그 당시 택시를 타면 운전석 앞에 "오늘도 무사히"라는 구절과 함께 기도하는 소녀의 모습이 담긴 작은 그림엽서가 매달려 있었다. 사고 위험에 노출된 직업인지라 무사 운전의 염원을 담은 것처럼 "서로 칭찬하며 위안"하는 그들의 삶은 폭풍전야와 같다.

4

사물에 대한 기억은 단순히 과거를 회상하는 촉매 역할에 머무는 게 아니라 시간과 삶을 축적하거나 총체적 경험을 촉진한다. 외부세계로부터 받아들인 기억은 감정과 정서, 재인식의 과정을 거쳐 밖으로 표출되는데, 가까운 사람과의 관계성에 따라 그 강도와 농도를 달리한다. 시인에게 사물은 감정을 이입하고, 삶을 투영하는 대상이면서 시인이 말하고자 하는 바를 대신 말하도록 한다.

소설가 이상李箱의 단편소설 「날개」에 거론된 주요 소재와 단어를 가져와 자신의 시 제목으로 삼은 3부의 시도 눈여겨볼 필요가 있다. 조현석의 시에서 '화장품 병'이라는 사물은 아내에 대한 분노의 대상이고, '돋보기'는 달아오른 감정을 제어하는 장치로 활용된다. 화장은 아름다운 부분은 돋보이게, 추한 부분은 보완하는 수단이지만, 가식假飾의 의미를 내포하고 있다. 나에게서 나에게로, 혹은 나에게서 나를 보완한 또 다른 나로의 변신이다. 화장이 아름다움을 넘어 나를 감추는 수단으로 사용될 때 나는 사라지고 타인의 속성이 가미된다. 이때 마그마처럼 내부에 머물던 감정은 폭발하고 만다. 평소와 다른 짙은 화장은 집 밖으로 나가기 위한 준비 단계이다. 상황에 따라 유혹이나 '바람을 핀다'는 의미로 받아들일 여지가 다분하다. 조현석 시에서 화장은 아내의 외출과 갈등으로 드러내는 행위다. 시는 현실을 바탕으로 상상과 사유의 영역에 몰입한다. 따라서 시적 진술이 사실과 일치하지 않음은 당연하다.

나의 껍데기, 아내여, 어딘가에 살고 있을까

—「저금통에 대해」 부분

아내여, 당신이 외출한 밤에도 그러했고 오늘도 잠이
오지 않습니다

—「창으로 별빛 가득하여」 부분

아내여, 이름조차 기억 없는 아내여

—「돋보기 놀이에 대해」 부분

아내여 꿈속에서도 나를 일깨우는
아내여 부실한 몸 걱정해주는
아내여 나는 무신론자

나의 아내여, 약국에서 약도 사고 때맞춰
모이도 가져다주었지 가끔은 꿈속을 헤집고 다니며
나를 흔들더니 나를 여기에 던지고 마는구나

—「아스피린, 아달린」 부분

아내여, 어제도 미명의 들판에 있었는가
오랜 침묵의 집, 지키는 나에게는
식은 모이도 가져다주지 않고
주린 짐승의 눈, 미닫이문을 열면
아, 신생의 초원, 당신의 방
난쟁이 나무 곁에는 다소곳한 경대
LANCOME, DENIM…

초원에서 나는 너무도 고른 숨소리
내객內客들의 식지 않은 숨결,
소곤거림이 남아 있다
겨울이면 괴롭히던 빈대들 같아
돋보기, 돋보기 — 어디다 두었는지
경대 위에 잠들어 있는 화장품 병들
벽을 향해 던지지만
깊은 바다를 든 손이 무거워
살며시 놓고 만다

뚜껑을 열고 당신의 겨드랑이 만져보고
젖무덤 냄새 맡아보고
그래도, 떨어져 나가지 않는 숨소리
나의 괴벽이 시작된다
당신의 외출은 수초의 흔들거림

아내여 하루에 두 번 세수하는 아내여
무거운 어둠을 밀고 둘러보면
초원 구석에서부터 비로소
열리는 나의 아침
창으로 여린 햇살이 들어오면
시작되는 나의 쾌락, 돋보기 놀이, 놀이

실보다 가는 햇볕이 놀다간 자리
허리 굽힌 수초가 울고
그들의 신음 소리 모아 담아놓았는지
햇볕이 지나간 경대 위에
오색 무지개 남았다 나는 그제서야
흰 골덴 양복을 입고
몇 번이고 서성이며 해대는 헛기침

—「화장품 병에 대해」 전문

조현석의 시에 빈번히 등장하는 "아내여"라는 호격에는 안타까움·분노·좌절·체념 등 다양한 감정이 섞여 있다. 아내에 대한 이러한 급격한 반응이 당혹스러울 수도 있지만, 첫 시집과 두 번째 시집이 같은 시기에 쓰였음을 상기할 필요가 있다. 시인은 의도적으로 첫 시집에서 결혼 이전의 가족사를, 두 번째 시집에서 분가 이후의 가족사를 다룬 시를 나눠 실었다.

첫 시집에 수록된 시 「벙어리개」에 의하면 시인이 군에서 제대해 집에 왔을 시기에 아버지는 새벽부터 공장에 일하러 나가고, 고3 여동생은 밥도 굶고 새벽반 보충수업 때문에 나가고, 2부 야간대학에 다니는 남동생이 일하러 가면 파출부 일도 없는 어머니도 나간다. 세월이 흘러 『월간중앙』 편집부에 취업하고 분가해 살던 중 정신적 버팀목이었던 어머니가 돌아가신다. 첫 시집 「서문」에 "흙 속에, 바람 속에…/ 또는 물 속…/ 그 어디에도 계실/ 어머니를 위하여"라고 했다. 첫 시집은 돌아가신 어머니를 위한 헌정인지라 아내와의 불화를 다룬 시들을 의도적으로 배제했거나 그 이후에 썼을 것이다.

"몇 해 전 어머니를 바람의 세상 속으로/ 먼저 떠나보내고 혼자 남"(이하 「부전자전」)은 아버지. 사는 게 바빠 자주 찾아뵙지도 못한다. "미어터지는 속내를 밝히지 못하고/ 어설픈 웃음으로" 무마한다. '속내'는 장남으로서 홀로된 아버지를 모시지 못하는, 이로 인한 부부의 갈등을 암시한다. "말에는 뼈가 있다/ 부서지거나 어긋"(「말씀에 대하여」)난다. 어머니의 죽음-홀로된 아버지-뼈가 있는 말-부부의 불화-아내의 외출로 이어지는 시적 진술은 1차 갈등구조에 해당한다. 아내의 외출과 깊은 연관성을 가진 2차 갈등구조는 본능적이면서 디테일하다.

첫째는 "지친 몸속에/ 아직 살아 꿈틀대는 정욕들"(「호텔 캘리포니아 - 시네마 서울」)이나 "어쩌면 무의미한/ 순식간에 타오르는 굶주린 짐승의/ 정욕, 나의 정욕"(「돋보기 놀이에 대해」)에서 알 수 있듯 성적인 부분이다. 둘째는 "때맞춰/

모이도 가져다주었지"나 "오랜 침묵의 집, 지키는 나에게는/ 식은 모이도 가져다주지 않"는 끼니를 챙기지 않는 부분이다. 셋째는 내가 아플 때 "약국에서 약도"(「아스피린, 아달린」)사다주지 않는 배려의 부분이다. 단순할 수 있는, 원초적인, 문제가 아닐 수도 있는 이런 것들은 반복될수록 자존심을 상하게 한다는 점에서 오히려 치명적일 수 있다. 결국 "이름조차 기억"하기 싫을 만큼 서로 갈등하다 각자의 길을 간다.

5

1980년대 중후반부터 1990년대 초중반까지 대학가에 게오르크 루카치George Lukács의 바람이 불었는데, 당시 대학과 문학 현장에 있었던 시인도 루카치의 영향을 받았을 것이다. 루카치는『소설의 이론Die Theorie Des Romans』에서 "아직 어디에도 안착할 곳을 찾지 못한 민감한 영혼이 탁월한 지성과 어우러져 빚어내는 통찰들이나 절망의 밑바닥에서 전심전력으로 새 세상을 갈구할 때 생겨날 수 있는 매혹적인 문체의 힘"이 바로 소설이라고 했다.

과연 소설만 그러할까. 시인 조현석이라는 "민감한 영혼"이 이별이라는 "절망의 밑바닥"에서 깨달은 건 "삶은 약속된/ 연극"(이하「연극이 끝나고」)이라는 것이다. 결혼이라는 무대에서 주연도 아닌 "엑스트라"였을 뿐이다. "마지막을 장식했던 비명과/ 음악이 나를 꽁꽁 묶"고 "우울한 주제"가 떠나지 않고 계속 주변에 머문다. 좋지 않은 "기억 때문에 슬"픈 시인은 "다시/ 같은 행위를 반복할 수 없"다고 다짐한다. 결혼이라는 무대에서 엑스트라는 한번으로 족하다는 것. 현실과 가상세계가 구분되지 않는, 구분할 수조차 없는 혼돈과 방황의 '시네마 서울'이 펼쳐진다.

1부에 수록된 18편의 '시네마 서울' 연작은 당연히 영화 〈시네마 천국〉을 패러디한 것이다. 극장 시네마 천국이 영화라는 가상의 세계를 보여주는 공간인 것처럼 시인이 살고 있는 서울이라는 도시 공간도 영화 속 세상과 다름없다는 설정이다. '시네마 서울' 연작은 이글스의 노래 〈호텔 캘리포니아〉를 시작으로 TV와 비디오를 보고 신문을 뒤적이며 치밀어오르는 분노를 삭이는 내부 세계와 자본주의 물결이 넘쳐나는 명동, 역전 광장 그리고 서울을 벗어나 저수지, 민둥산, 공원묘지까지 확장된 외부세계를 촘촘하게 다루고 있다.

> 스모그가 몹시 끼어 바로 앞도 구분 못한다
> 나트륨 불빛이 조명처럼 그의 머리를
> 사각으로 비춰준다, 손을 천천히 든다
> 갈구하는 그의 눈빛이 손끝을 지나고
> 독백하는 낮은 목소리, 그러나 높아지며
>
> 나는 불법,…체류자다…누군가 내게 고—통에
> 대해서 가르치지 않았고,…어디로 가느냐고, 나

는 답변을 주저했다 지금, 인간의 탈을 쓴 짐승처럼 울면서 순간, 말을…잃는 범죄를 당했다 말은, 가끔은 불편을 초래한다, 이 많은 사람들의 눈이 감시하사…흘끔흘끔 곁눈질하며, 환부患部를 드러낸다, 세상…모든 일에 대해…나는 국외자局外者이기도 하다 이런, 무책임한…, 지명수배는 아니지만 누군가 미행하는, 듯도 해 시도 때도 없이 놀라…꿍꽝거리는 가슴을 쓸어내리고 난, 걸으면 쉬는…기계, 아니다…때론 쉬며 눈물 글썽이며 심장 멈추기도 하는 사람, 혹은 이곳에 없는지도…모른다, 삶에 뜨겁게 동참하고…싶기도 하지만, 왜 이런지 모른다 취했다, 내가 누고 있는 오줌은,…꼭 오뎅국물 같기도 해 내버려둔 세상일들이, 눈에 뒤덮인다, 눈을 녹이면서 얼어붙는, 나의 소외는 내가 만든 것,…수도 있다, 무엇이든 흔적도 없이,…없앨 수도 있을, 나의 슬픈 무력함…의심해본다

밤 깊음, 동시에 새벽도 깊고
그는 이 깊음 위를 표류한다
잠시도 쉬지 못할 노동을 지고
한가한 오늘이 또 그에게 넘어온다

—「불법체류자 - 시네마 서울」 전문

"스모그가 몹시 끼어 바로 앞도" 보이지 않는다. 일을 하고 집에 들어오면 반겨주는 사람도 없는 공허한 날들이 반복된다. "부들부들, 부들 치떨면서"(이하 「충혈 혹은 혈안 - 시네마 천국」), "부릅부릅, 눈 부릅 치켜뜨"면서 TV나 비디오를 보면 "흔적 남길 시간도 주지 않고 소멸/멸종되고" 싶은 충동을 느낀다. "환락의 유토피아" 같은 세상에서 시인은 "불법,…체류자"이면서 "국외자"이다. 혼자만의 공간에서도 제대로 잠을 자지 못하고, "사방의 벽이 내게로/ 다가"(「건축의 힘 - 시네마 천국」)오는 것 같은 착각에 빠진다. "누군가 미행하는 듯"하고, 늘 술에 취해 "낮은 목소리"로 독백을 하다 보면 어느새 목소리가 높아진다. "내가 만든" 소외로 점점 무력해지고, "이 깊음 위를 표류"한다.

영화 〈시네마 천국〉에서 토토에게 "인생은 영화와 달라. 훨씬 더 힘들지"라면서 더 큰 세상으로 떠나라고 충고해주는 알프레도 같은 인생 선배가 필요하지만 주위엔 아무도 없다. 격한 감정 탓에 시의 숨은 거칠고, 결엔 날이 서 있다. "이젠 서로의 다른 미래가/ 끝모를 곳으로 나란하게 펼쳐"(「겨울은 무성영화처럼 - 시네마 천국」)질 것임을 의심하면서 어둠 속에서 죽음을 떠올린다.

6

전술했듯이, 조현석 시에서 '소멸'은 나는 '불법체류자'라는 인식에 닿아 있다. 불확실한 미래, 부유하는 삶, "열려라 웃음천국, 사이사이로/ 펼쳐지는 현실은 사실은 지옥”(「TV를 보며 신문을 - 시네마 천국」)에서 마주한 것은 ‘어둠’이다. 한 치 앞도 보이지 않는 “어둠이 덮인 후에야/ 오늘 나의 외출은 종말을 고”(「날개를 달고 난 후에야」)한다. 어둠은 사물의 형체를 감춰주는 속성을 지니고 있다. 그 어둠 속에선 공포와 위안이라는 상반된 심리상태를 보인다. 시인이 어둠 속에서 마주한 세상은 ‘죽음’이다.

자동차의 창을 열면 두엄 냄새와 더불어 “바로 전에 맡았던/ 죽음 냄새”(「자동차 안에서」)가 느껴지고, 엘리베이터를 타면 “죽음만이 그대를 위로해줄 것”(「엘리베이터에서 생긴 일 - 시네마 천국」)이라는 충동에 휩싸인다. “나를 키운 건/ 눈에 보이지 않는/ 크나큰 어둠 속에서/ 느껴지지 않는 것들뿐”(「기억에 대하여 2」)이라는 선험적 인식은 시인을 질식하게 만든다.

새 삶에 이를 것이다
새 삶에 이를 것이다
새 삶에 이를 것이다
세월이여, 끊이지 않는 바람

새 삶에 이를 것이다
새 삶에 이를 것이다
새 삶에 이를 것이다
바람이여, 상처 많은 나뭇가지

새 삶에 이를 것이다
새 삶에 이를 것이다
새 삶에 이를 것이다
가지여, 끝에 매달린 반딧불 영혼
얼마를 돌고 도는가, 그 손쉬운 죽음
이르는 길 누구는 어느새
다른 죽음을 살고, 다시

새 삶에 이를 것이다
새 삶에 이를 것이다
그리고 다시 머릿속 사막을 걷는,
모랫바람만 내쉬는 눈먼 낙타처럼
걷다가 죽음에 이를 것이다

세포들에, 죽어가는 나는 묻힌다
그 어지러운 분열이 뒤섞여
또 다른 나를 대신할 것이다

—「죽음에 대하여」 전문

죽음은 살아 있는 존재라면 누구나 겪는 일이지만, 그 너머의 세상을 경험한 사람이 없으므로 두렵다. 죽음에 대한 시인의 인식은 "새로운 부활"(「가면 뒤에서」)이면서 "불멸"(「소문에 대하여」)이다. "새 삶에" 이른다는 것은 죽음이기도 하고, 이에 이르는 과정이기도 하다.

시 「죽음에 대하여」에서 "새 삶에 이를 것이다"를 세 번 반복한 것은 가톨릭의 삼위일체설을 떠올리게 하지만, 불교에서 말하는 근본적인 세 가지 번뇌, 즉 탐욕貪慾·진에瞋恚·우치愚癡에 가깝다. 탐욕은 자기가 원하는 것에 욕심을 내 집착하는 것, 진에는 분노하여 미워하고 화를 내는 것, 우치는 현상이나 사물의 도리를 이해할 수 없어 판단을 그르치는 것이다. 이 모두는 '나[我]'에서 비롯된다. 이를 바탕으로 1연의 "새 삶에 이를 것이다" 3행은 초년·중년·말년의 인생을, 2연의 "새 삶에 이를 것이다" 3행은 "부모·나·자식"의 삼대三代를, 3연의 "새 삶에 이를 것이다"의 3행은 전생前生·현생現生·내생來生의 삼생三生을 뜻하는 것으로 보인다. 5연의 "새 삶에 이를 것이다"의 2행은 전생을 제외한 현생과 내생이 남았다는 것이다.

세월-바람-가지-영혼으로 "돌고 도는" 죽음에 "이르는 길"에 나도 살고, 또 누군가가 살고 있다. 끊임없이 반복되는 삶과 죽음의 윤회를 "눈먼 낙타처럼/ 걷다가 죽음에 이"르는 것이 인생이다. 시인은 의심한다. 삶과 죽음 가운데 어느 것이 진짜인가. 현재를 살고 있는 나는 진짜인가, 가짜인가. 내가 사는 세상은 진짜인가, 가짜인가. 죽음 이후 다시 "새 삶에 이를 것이다"라는 사실과 현생의 나는 누구이고, 내생의 내가 과연 나일까. "사방 모두 백색, 생소한 곳"(「아스피린, 아달린」)에서의 "오늘 일기는, 여기서, 백지"다.

새 삶에 이를 것이다
새 삶에 이를 것이다

현대시세계 시인선 125
불법,…체류자

지은이_ 조현석
펴낸이_ 조현석
기　획_ 고영, 박후기
펴낸곳_ 북인
디자인_ 푸른영토

1판 1쇄_ 2020년 12월 09일
출판등록번호_ 313 - 2004 - 000111
주소_ 121 - 842 서울 마포구 서교동 467 - 4, 301호
전화_ 02 - 323 - 7767
팩스_ 02 - 323 - 7845

ISBN 979-11-6512-125-9　03810

이 도서의 국립중앙도서관 출판예정도서목록(CIP)은 서지정보유통지원시스템 홈페이지(http://seoji.nl.go.kr)와 국가자료종합목록시스템(http://www.nl.go.kr/kolisnet)에서 이용하실 수 있습니다. (CIP제어번호 : CIP2020050396)

책값은 뒤표지에 있습니다.
저자와 협의 아래 인지를 생략합니다.